기획의 말

그리운 마음일 때 'I Miss You'라고 하는 것은 '내게서 당신이 빠져 있기(miss) 때문에 나는 충분한 존재가 될 수 없다'는 뜻이라는 게 소설가 쓰시마 유코의 아름다운 해석이다. 현재의 세계에는 틀림없이 결여가 있어서 우리는 언제나 무언가를 그리워한다. 한때 우리를 벅차게 했으나 이제는 읽을 수 없게 된 옛날의 시집을 되살리는 작업 또한 그 그리움의 일이다. 어떤 시집이 빠져 있는 한, 우리의 시는 충분해질 수 없다.

더 나아가 옛 시집을 복간하는 일은 한국 시문학사의 역동성이 드러나는 장을 여는 일이 될 수도 있다. 하나의 새로운 예술작품이 창조될 때 일어나는 일은 과거에 있었던 모든 예술작품에도 동시에 일어난다는 것이 시인 엘리엇의 오래된 말이다. 과거가 이룩해놓은 질서는 현재의 성취에 영향받아 다시 배치된다는 것이다. 우리는 현재의 빛에 의지해 어떤 과거를 선택할 것인가. 그렇게 시사(詩史)는 되돌아보며 전진한다.

이 일들을 문학동네는 이미 한 적이 있다. 1996년 11월 황동규, 마종기, 강은교의 청년기 시집들을 복간하며 '포에지 2000' 시리즈가 시작됐다. "생이 덧없고 힘겨울 때 이따금 가슴으로 암송했던 시들, 이미 절판되어 오래된 명성으로만 만날 수 있었던 시들, 동시대를 대표하는 시인들의 젊은 날의 아름다운 연가(戀歌)가 여기 되살아납니다." 당시로서는 드물고 귀했던 그 일을 우리는 이제 다시 시작해보려 한다.

기획의 말

그리운 마음일 때 'I Miss You'라고 하는 것은 '내게서 당신이 빠져 있기(miss) 때문에 나는 충분한 존재가 될 수 없다'는 뜻이라는 게 소설가 쓰시마 유코의 아름다운 해석이다. 현재의 세계에는 틀림없이 결여가 있어서 우리는 언제나 무언가를 그리워한다. 한때 우리를 벅차게 했으나 이제는 읽을 수 없게 된 옛날의 시집을 되살리는 작업 또한 그 그리움의 일이다. 어떤 시집이 빠져 있는 한, 우리의 시는 충분해질 수 없다.

더 나아가 옛 시집을 복간하는 일은 한국 시문학사의 역동성이 드러나는 장을 여는 일이 될 수도 있다. 하나의 새로운 예술작품이 창조될 때 일어나는 일은 과거에 있었던 모든 예술작품에도 동시에 일어난다는 것이 시인 엘리엇의 오래된 말이다. 과거가 이룩해놓은 질서는 현재의 성취에 영향받아 다시 배치된다는 것이다. 우리는 현재의 빛에 의지해 어떤 과거를 선택할 것인가. 그렇게 시사(詩史)는 뒤돌아보며 전진한다.

이 일들을 문학동네는 이미 한 적이 있다. 1996년 11월 황동규, 마종기, 강은교의 청년기 시집들을 복간하며 '포에지 2000' 시리즈가 시작됐다. "생이 덧없고 힘겨울 때 이따금 가슴으로 암송했던 시들, 이미 절판되어 오래된 명성으로만 만날 수 있었던 시들, 동시대를 대표하는 시인들의 젊은 날의 아름다운 연가(戀歌)가 여기 되살아납니다." 당시로서는 드물고 귀했던 그 일을 우리는 이제 다시 시작해보려 한다.

오래 비어 있는 길

문학동네포에지 088

전동균 시집

오래
비어
있는
길

시인의 말

내가 살고 있는 곳에는 아직 빈집들과 가파른 돌계단과 잡풀 우거진 공터들이 남아 있다.

이따금 쓰레기 태우는 연기나, 공터를 갈아 채소를 가꾸는 노인들, 햇살이 비치는 젖은 흙길 같은 것들을 바라보면서 마음을 잠시 내려놓곤 했다.

삶을 어루만져주는 투명한 빛들, 언젠가는 그 침묵의 풍경 속에 혼자 가만히 앉아 있게 되기를.

1997년 11월
전동균

개정판 시인의 말

차디찬 강물 속에 발을 담그는 것 같다. 기억의 저편에 묻혀 있는 첫 시집의 시편들을 다시 불러보는 일은.

그러나 어쩌랴. 이 풍경 속 어딘가에 부끄러운 대로 나의 진심이 스며 있을 테니, 애틋함을 지울 수는 없겠다.

미운 모습이나 원본을 살려 담으려 했고, 시 한 편은 제외했다.

2023년 11월
전동균

차례

4부

1부

유천수로에서

늦가을 저물 무렵
떼 지어 날아가는 철새 울음소리에
마음 한 귀퉁이를 허물어
공터를 들이고
젖은 갈대로 불을 지핀다

글썽글썽 내 몸을 뚫고
피어나는 별빛들,
에미 없는 새끼의
눈동자 같은

그 빛에 기대어 저녁 어스름은
첨벙거리며 물 건너오고
잎 진 나무들은 묵상에 잠기고
방둑 길은 집 나간 아이들을 불러모으고
온종일 꼼짝 않던 찌는
갑자기 쑤욱, 물위로 솟아오르고

비의 환(幻)

떨어지는 빗방울 속으로 우산도 없이 맨발로 걸어 들어갔다 휘날리는 붉은 천, 덜컹대는 문짝들, 날개 큰 새와 어둠이 함께 내리고 나는 다만 끝없이 걸었다…… 얼음 무덤의 산을 지나서 멀리, 고사목들의 숲이 보였다 그 아래 연기를 피우지 않는 요기의 마을에 암벽처럼 달이 솟아오르자 누가 손대지 않아도 신비한 악기들이 울었다 나무들은 일제히 사리처럼 둥글고 흰 열매를 떨구었다 문자를 모르는 사람만이 그 소리를 듣고 돌에 새겨 밀경(密經)처럼 땅속 깊이 파묻고 있었다

수리봉

새 한 마리 날지 않는다
수리봉, 눈과 얼음에
뒤덮인 암벽들

오체투지하듯 몸을
한껏 낮추면
암벽 사이에 숨은 길이 보이고

마음속에 오래된
빈집들은 조등을 켜 내건다
그 희미한 빛을 따라
차라리 눈을 감고 오른다

우지끈, 생나뭇가지 부러지는 소리
골짜기로 쏟아지는
눈더미에
봉우리는 더욱 높아지고

이 겨울 누가
얼지 않는 샘물을 퍼올리고 있는지
살을 찌르며 푸르게 반짝이는
침엽의 바람,

능선을 휘어돌아, 내 몸이

길이 되어 부서질 때
또다시 펴붓는 눈발에
산은 마침내
감추었던 제 모습을 드러낸다

시골 못

두근대며 출렁이는
황혼의 못물,
잿빛 야생 오리들이
크고 힘찬 일직선을 낳으며
푸드덕, 달려갔다

(저토록 멈춤이 없고
간결한 삶을 꿈꾼 적이 있었네
마침표 소리가 종처럼 울리는
시의 나라를)

둥글게 둥글게 퍼져나가는
물결들의 가없는
설레임 속에

맞은편 강둑에 서 있던 감나무는
발갛게 달아오른 얼굴로
잘 익은 홍시 몇 알을
못물 속에 첨벙, 떨어뜨리고

그때, 문득 높아지는 산마루에
경운기를 몰고 오는 농부의 머리 위에
잠깐 환하게 반짝이는
개밥바라기!

백열등이 켜질 무렵

백열등이 켜질 무렵,
옆집 꾸중 듣는 아이의 울음소리는
더욱 높아지고
땅의 문이 가볍게 열릴 무렵,

좁은 골목길을 지나서
귀가하는 행인들의 발걸음은 빨라지고
오래된 건물들은 기우뚱
지는 햇빛을 받아
얼굴을 말끔히 씻고 있으니

다정해라, 찬 공기들
저희끼리 어울려 노는 슬픔들
떨어지는 빗방울에 놀라
오랫동안 출렁이는 기억의 연못들
연못 속에서 종소리가 울리듯
피어나는 흰 연꽃들
이름 붙일 수 없는
수많은 나의 모습들

비밀의 방으로

너희는 아프지 않니?
나무야, 새야
오늘은 시말서 안 썼니?
정처 없는 세월아

약수터 가는 길 쌓인 낙엽 아래
꿈틀대는 작은 벌레들을 보았지
모처럼 청명한 햇살 비치는
고사목 쓰러진 그 자리에서
열심으로 흙속에 방을 만들고 있는 것을

그래, 내일이면 나도
회사 일을 마치고 퇴근을 하듯이
담배 한 대 피워 물고
찾아가리라

저 어둡고도 환한 물결이 넘실거리는
죽음 같고 탄생 같은
비밀의 불꽃 속으로

월급 명세서와 새벽 세시의 두통과
가끔 떠오르는 시의 첫 구절도
선물처럼 함께 가지고.

구두 한 켤레의 명상

나는 게으름뱅이
무명의 시인
한여름에도 감기에 걸려
콘택 600을 사 먹곤 하지

밤에는 가끔
아무도 보지 않는 시라는 것을 쓰지
그럴 때면 머릿속에서
사막을 질주하는 대형 트럭이 떠오르지
모래언덕 위에 걸린 붉은 달을 향해
액셀을 힘껏 밟는
모자를 눌러쓴 사내의 고독과 절망을
빵처럼 뜯어먹지

아니야, 나는 샐러리맨
월급과 휴가를 기다리며
만원 버스를 타고 출근을 하지

두통이 찾아오는 오후 네시쯤에는
커피를 마시면서
내 몸을 허물처럼 벗어놓고 탈출하는
낯선 영혼을 만나곤 하지
매음굴에서 술을 먹다가
살인을 저지르고 지하 감옥에 갇혔다가

명상에 잠긴 요기가 되어
전생의 바람 소리를 느리게 읽고 있는
뒷굽 닳은 구두 한 켤레를.

흰 깃털 하나

퍼붓는, 빗줄기 속을
울음도 울지 않고 날아가는 새

산은 짙은 안개를 풀어내
제 모습을 감추고
그 아래 강물은 혼자 출렁이는데

술에 취해 물속으로 들어가는
내 앞에 문득 떨어진
젖은 깃털 하나

물음표처럼 검은 점이 박힌
흰 깃털 하나

불 꺼진 집

이상하다, 불이 꺼진 빈집에
흰 빨래가 널려 있다

밤늦게 산에 갔다가
돌아오는 길
패잔병처럼 나는 지친 몸을 옮기는데
늙은 노인네가 가꾸었을
산비탈 텃밭에는
파릇한 상추들이 무성하게 자랐는데

아무도 없는 빈집
낮은 돌담이 무너질 듯 서 있는
그 집 앞을 지나가면

때로 흰 빨래들이 펄럭이며
사람의 그림자 같은 모습들을 만들기도 한다
물결처럼 잔잔한 빛을 퍼뜨리기도 한다
내 이름의 끝자를 부르며 불러 세우기도 한다

……신발을 벗고 남몰래 들어가고 싶었네
……찬물로 푸푸 세수를 하고 싶었네
……담배 한 대 맛있게 피우고 잠들고 싶었네

겨울 강화에 가서

겨울 강화에 가서
전등사를 보지 못했다
마니산도 오르지 못했다
콘도에서 라면을 끓여 먹고
밤새 섯다를 하고
빈털터리가 되어 칼잠을 잤다

방둑 하나를 사이에 두고
강과 바다가 헤어지는 수로에서
얼음 구멍을 뚫고 낚시를 던졌다
붕어의 얼굴은 보지 못한 채
의혹처럼 자욱한 담배 연기만 피워올렸다

해 뜰 무렵과 해질녘
그 어둡고 신비한 공기들을 숨쉬며
(새들은 왜 공중에 집을 짓지 않을까?)
바람이 지나간 한참 뒤에
몸을 터는 갈대들을 만났다

돈암동을 추억함

1
숨가쁘게 오르던 비탈길,
석양빛 덜컹대던 먼지 낀 창유리들,
그 언덕 위의 집을 기억하지.

눈물이 많은 신혼의 아내와
아무리 조심조심 걸어도 큰 소리로 삐걱대던
마루와 함께 살면서
나는 내 몸이 납처럼 무거워
하늘보다는 땅을 자주 보았지.

때로 밤을 새워 책을 읽으면
멀리 있는 어머니의 병환도, 아우의 학비 걱정도 다 잊고
마음이 참 편안해져서
봄비 맞는 나무가 몸을 떨며
첫 꽃망울을 맺는 소리가 잘 들렸고
오래된 책의
밑줄 그어진 문장 속에서
나도 더운 피 한 방울 혀에 물고
활짝 꽃피곤 했지.

2
술에 취해 늦게 들어간 날에는
찬물로 세수를 하고

건너 산비탈 판자촌을 오래오래 바라보곤 했지.
희미한 불빛이며
얼어붙은 빨래가 유령처럼 흔들리는 것을.

그럴 때마다 우물처럼 깊어지는
내 몸속에서는 안티폰 블루스*가 흘러나오고
그 아득한 색소폰의 음계를 밟으며
벙거지를 쓴 시인 김종삼이
어디론가 터벅터벅 걸어가고 있었지.

연탄재와 쓰레기더미가 쌓인 골목을
무슨 천국처럼 여기며
때로는 짧은 휘파람도 불면서.

* Antiphone Blues: Arne Domnerus의 색소폰과 Gustaf-Sjökvist의 오르간 연주곡.

시온 교회

상계동 철거민촌 한쪽 귀퉁이에 시온 교회는 있다
햇빛이 잘 들지 않고 흙먼지 이는 골목 끝에
늙은 느티나무와 함께 숨어 있다
그 흔한 십자가 종탑 하나 없이
널빤지와 천막으로 지은 허술한 교회
낮에는 맞벌이 부부의 탁아소가 되고
담이 없는 좁은 마당은
갈 곳 없는 아이들의 놀이터가 된다
비 오는 날에는 더러 소주판이 벌어져
청승맞은 뽕짝 유행가가 울려퍼지기도 한다
텁석부리 목사는 지명수배중이지만
누구나 마음대로 드나들며 땔감을 나르고
하느님께 올리는 연판장을 돌리고
이 지상에서는 아무도 들어주지 않는 기도를 하는 곳
저녁이면 몸피 좋은 밥집 충청도 과부가
홀아비 김씨를 찾아 종종걸음 치는 곳
봄이 와서 철거민들 어디론가 쫓겨난 뒤
시온 교회 있던 그 자리에
느티나무 한 그루만 외롭게 남아 있다
술에 취해 늦게 귀가한 어느 날 밤
신축 아파트 불빛 속에 방주처럼 떠올라
펄럭이는 느티나무 넓은 잎새마다
온종일 리어카를 끌다가 행상을 하다가
지친 날개를 접으며 돌아눕는

별빛 같은 사람들의 뒷모습이 잠시 보이기도 했다

무당개구리 앞에서

사진 속의 백운동 골짜기
그 깊은 골짜기를 싣고 흐르는 물속에
절반쯤 몸을 담그고
무당개구리 한 마리가 나를 보고 있다

휴식의 한때일까, 아니면
멀리 있는 먹이를 노리고 있는 것일까
작은 나뭇가지와 수런대는 잎사귀와
물방울처럼 튀어오르는 햇살을 안고
반짝이는 저런 눈빛을
언젠가 나는 느낀 적이 있다

첫아이가 태어났을 때,
밤늦도록 책을 읽다가
좋은 글의 한 대목을 발견했을 때,
무장무장 투명한 공기가
내 몸을 감전시키면서 통과하는 것 같은
두려움과 기쁨을

어쩌면 아무것도 소용없다는 듯이
편안하게 엎드려 있지만
숲 그늘과 너럭바위와
여름 한낮 생동하는 골짜기의 모든 영(靈)이
자욱한 흙냄새를 내뿜으며

불타오르는 저 위험한 표정 앞에서

사무실 구석자리에 앉아
하릴없이 잡지를 뒤적이고 있는 나는
순식간에 한 점 먼지가 되어
이 도시의 매연과 소음 속으로 실종된다

밤, 심원사 길

사람의 모습이 보이지 않는다
사람의 냄새가 나지 않는다
사람의 소리가 들리지 않는다

검은 나무, 흰 바위 사이에는
어떤 후생(後生)이 숨어 있는지
비 젖은 흙길은 무너져 있고

(아, 이 숨막히게 무서운
흙의 입김!)

손전등을 비추면 푸드덕거리는
날새들을 따라
무릎을 다치며 올라간 곳

내 몸속에 이미
절벽처럼 들어앉은 절은
붉은 피, 안개처럼 풀어내면서
돌아서서 가라
집으로 가라
끊임없이 녹슨 풍경을 울린다

안성

구포동 성당의 오랜 종소리,
물방울처럼 번지는 안개의 흰 눈빛,

입안 가득 알 수 없이 신비한
향기를 풀어내는 노래들,

나무들이 줄지어 선 겨울 저녁의 흙길,
그 위로 흘러내리는
공복의 불빛들,

그들을 사랑하고
또 증오하면서 스무 살을 보냈네
한밤의 술과 순결한 여자와
내 영혼 속의 한 마리
미친 개와 더불어.

2부

마음속 빈방

책상 위에 엎드려
운 적이 있느냐, 너는
밤이 깊어지고
술에 취한 행인들의 발자국 소리
골목 끝으로 사라지고

빗줄기는 양철 지붕 위에 꽂히고
낡고 오래된 바람이
유리창을 흔들었다, 그날
연탄불 꺼진 차가운 방
복면을 쓴 어두운 그림자가
눈앞을 잠깐 스쳐지나갔다

……두려움에…… 목이 메어
떠나가는 사랑을…… 부르지 못했다

십 년도 더 지난 뒤에
녹슨 자물쇠 굳게 채우고 남아 있는
마음속 그 빈방에 들어가
운 적이 있느냐, 너는

삶의 신비도
사랑의 기쁨도 다 잊어버린 자의
너무나 커서

혼자밖에 들을 수 없는 울음을.

그들은 끝없이 물밑을 걸어가고

강물 위로 시월의 햇살이 떨어진다
안개를 걷어내며 출렁이는
물속에는 누가 살고 있는지
그곳에도 만원 지하철과 야근과
새벽의 두통이 있는지

몇 시간째 움직이지 않는 찌를 바라보면
그래, 물밑을 걸어가는 사람들이 보인다
작업복을 입고 혹은
다리를 절룩거리며 쇠사슬을 끌고
걸어가는 저 어두운 얼굴들,

그들을 나는 모른다
어디서 본 것 같지만 기억이 나지 않는다
붉게 탄 나뭇잎이 하나, 둘 물위에 흘러오고
그들은 끝없이 물밑을 걸어간다
때로는 나의 본명을 소리쳐 부르는 소리가
물풀처럼 잠깐 흔들리기도 한다

넓은 강물이 동굴처럼 컴컴해질 때까지
시월의 햇살은 갈대밭을 지나
더 깊은 세상 밖으로 떨어져 쌓이고
마침내 낚시에 걸린 물고기처럼 몸을 뒤틀며
나는 부인한다, 그들을 닮은 어떤 모습을

검은 연기를 퍼올리는 도시의 굴뚝들과
무선호출기의 숨찬 신호음을.

희망

누구의 인질극이냐
아니면, 실패한 테러리스트의
마지막 은신처냐
서른세 살의 이 삶은

가끔씩 비애가
청산가리처럼 심장을 태울 때마다
잃어버린 물건을 찾듯이
나는 긴 잠을 자곤 하지

시체처럼, 꿈이 없는
무채색의 잠에 젖으면서
땅속에서 거대한 모래 폭풍이 불어오는 소리를
은밀히 듣곤 하지

온 세상 모든 감옥을
순식간에 무너뜨리고
다시 일으켜세우는.

어느 해 오월

아버지는 감옥에 갇혀 있고
아내는 동네 산부인과에서 세번째 아기를 지웠다
마을버스는 독재자처럼
좁은 골목길을 달렸고
아침마다 나는 코피를 쏟으며 출근을 했다
북한군이 DMZ를 넘어왔으나
경계경보는 울리지 않았다
OB 호프는 저녁마다 샐러리맨으로 가득찼고
밤 열두시를 지나서 택시를 잡기는
여전히 힘들었다

주가는 소폭의 상승 속에
안정세를 유지했으며
옆자리의 동료 T가 사무실에서 쓰러져
응급차에 실려가는 동안
부장은 사우나에서 낮잠을 즐겼다
신문은 아무도 관심이 없는
정치 기사로 지면을 채웠고
상점에서는 다이어트 음료가 불티나게 팔렸다
대학가의 시위는 교통 정체를 유발한다는
시민들의 여론에 맥없이 굴복했다

등산길에서 모처럼 소쩍새 울음소리와
만개한 진달래꽃을 만나고 온 일요일

온종일 나는 심한 몸살을 앓았다
블랙홀 속으로 실종되는 악몽에 시달리며
고해성사를 하듯 식은땀을 흘렸다

서울의 서쪽

큰 바다를 건너온 새들이
모래펄에 머리를 박고 죽어가는 곳*
아니면 강철 같은 햇빛 속에
죽음을 기다리며 한쪽 다리로 서서
하염없이 밀려오는
파도를 응시하는 곳
지구의 끝에 사는 사내의 외로움 속으로
한 여자가 무심히 지나간 곳

서울의 서쪽, 인왕산 밑
붉은 벽돌집에 사는 한 남자는
가끔씩 그곳에 간다
남들이 잠든 늦은 시각에 혹은
진눈깨비 치는 겨울날 폭음을 하고
스스로에게 버림받은 것들의
마지막 사랑을 만나기 위하여.

* 로맹 가리의 소설 「새들은 페루에 가서 죽다」에서.

속의 불꽃

한겨울 저녁의 문간을 넘어서
다 타지 않고 밑불 꺼진 연탄을
공터에 내다 버렸다

쓸모없이 땅바닥에 부서지는
연탄의 몸, 순간
감추어진 속의 불꽃이 활활 타올라
오래도록 꺼지지 않았다

만약 누군가
다 타지 않고 밑불 꺼진 우리를
힘센 집게로 들어내버리는 게 삶이라면
조각조각 부서지는 재 속에서
시뻘겋게 눈뜨는 저 불꽃은 무엇인가
곰곰이 생각하는 동안

짧은 노루 꼬리 햇살 저문 공터에는
또, 이 세상 것이 아닌 어둠이
큰 아가리를 벌린 채 다가오고
오늘의 바람이 어제 쪽으로 빠르게 불어갔다

여행자

일찍이 그는 게으른 거지였다
한 잔의 술과 따뜻한 잠자리를 위하여
도둑질을 일삼았다

아프리카에서 중국에서
그리고 남태평양의 작은 섬에서
왕으로, 법을 구하는 탁발승으로
몸을 바꾸어 태어나기도 하였다
하늘의 별을 보고
땅과 사람의 운명을 점친 적도 있었다

세월이 흘러 지금은
눈먼 떠돌이 악사가 되어
온 땅이 바다고 사막인 이 세상을
홀로 지나가고 있으니

그가 지친 걸음을 옮길 때마다
흐름을 멈추고 다시 시작하는
저 허공의 구름들처럼
말없는 것들, 쓸쓸하게 잠든 것들을 열애할 뿐
아무런 흔적도 남기지 않는다

그해 겨울 우리는

—관조에게

그해 겨울 우리는
먹구름 뒤덮인 빙하의 골짜기에서
한 떼의 얼룩무늬 뱀들과 함께
상처처럼 깊은 잠을 자고 있었다

잠시 반짝이다가 사라지는 흐린 별빛들,
골짜기를 배회하는
날카로운 부리의 새들,

때때로 휘어진 나무줄기들이
추억의 헛간 낮은 처마를 두드려도
한입 가득 얼음과 재를 물고 잠든 우리는
새벽이면 다시 수많은 이파리들이
공중에서 쏟아지는 환각 속에서
갈 수 없는 나라의 방언을 쏟아내고 있었다

무너진 암벽들, 응답 없는 메아리,
출구가 보이지 않는 화석의 시간 틈으로
흰 상여 빙산들이 아득하게 흘러가면
또 한 떼의 얼룩무늬 뱀들이 찾아들던
그해 겨울 우리는

만석 할머니

새벽에는 어판장에서
온갖 허드렛일로 날품을 판다

벌써 일흔이 넘었지만
불구의 한쪽 다리를 절뚝거리며

때로는 낚싯배를 타고 바다로 나가
밥을 짓고 회를 뜨는
식모 노릇을 하기도 한다

그동안 모은 것은
노름꾼 아들에게 털리고
남은 것은 신경통과 단칸 셋방뿐이지만

이웃 사람들이 바보 할머니라고
손가락질해도
빙그레 웃으며 담배 한 대 피워 물고
다시 일하러 부두로 간다

몸뚱이는 세상에 나와
비누처럼 다 써야 한다고
그래야 영혼이 깨끗해진다고 중얼거리며.

눈보라를 맞으며

한낮의 세종로를 지나다가
갑자기 만나는 눈보라,

달리는 자동차와 높은 빌딩들과
뉴스 전광판을 지우고
캄캄하게 퍼붓는

눈보라를 맞으며 내 몸안에서
내 몸보다 훨씬 큰
한고조(寒苦鳥)*가 꺼억 꺽 우는 소리를 듣는다

천지를 무너뜨릴 듯 숨찬
그 울음소리에
세종로 일대가 히말라야 설산처럼
깊어지고

어느새 둥글고 큰 눈동자 하나가 떠올라
길을 찾으며 머뭇거리는
나를 인도해간다

이 세상 어디에도 깃들일 곳 없는
비천한 삶을 위해
지하도 입구로

* 일생 동안 둥지도 없이 추위에 떨며 산다는 설화 속의 게으른 새.

빗방울의 집

후두둑, 빗방울 떨어져
집을 짓는다

퇴근길 어두운 골목에
녹슨 양철 지붕에
근심 많은 굴뚝 연기 속에

떨어져, 금세 무너질
가숙(假宿)의 집을 세운다

흘러야 할 것들은 모두
제자리를 찾아 흘러간 뒤
웅덩이 같은 눈을 뜨면

이 세상 하찮은 것들의
상처 많은 꿈도
따뜻한 밥상으로 차려져 있는
그 집에 들어가 세 살고 싶다
한 살림 차리고 싶다

늘 배고픈 아이의 울음소리와
한계령처럼 깊은 노래 하나,
아무것도 씌어지지 않은
책 한 권 마음에 감추어두고.

광화문에서

인공의 불빛 환한 광화문 네거리
빌딩 숲 너머로
끼룩끼룩 철새떼 날아오른다
어디선가 마른 솔가지 타는 연기
눈물처럼 흘러든다
……

어머니, 어머니, 멀리 떠나왔으나
늘 흙 묻은 손
무릎 뚫린 헌옷 차림 그대로 저는
이 많은 사람들 사이 자동차의 물결 속에서
꾸중받는 한 아이가 되어
잠시 길을 잃고 서 있습니다

구석

나는 늘 구석에 있었다
중심에서 벗어나, 비껴 서 있었다

햇빛이 잘 들지 않는 곳
불임의 나무들 아래 이끼가 자라고
진흙 같은 구름이 몰려오는 곳

쿠데타와 경제 성장을
의붓자식처럼 거느리고, 세월은
한쪽 다리를 절뚝이며 지나가고
간혹, 숨어 있는 나에게
희미한 미소를 보내기도 했지만

나는 담배 연기를 허공에 내뿜거나
아무도 귀기울이지 않는 몇 마디 말을
혼자 중얼거릴 뿐
한 번도 이 구석자리를 벗어난 적이 없었다

혹시 누가 알아볼까봐 걱정을 하며
낮술 먹은 거지처럼 얼굴을 붉힌 채.

금곡 일기

—강에게

어둡고 깊은 노래 하나,
이 세상에서 다시 못 볼 어린 별빛 하나,
내 몸안의 떨림 많은 풍금을 울리면
주인 없는 개와 도둑고양이가 흙벽을 타고 와
성자처럼 순한 눈망울을 꿈벅거리고

아무도 그리워하지 않게 되었네
땅 위의 것들 모두 사라진 뒤
적막 속에 빛나는 흰 돌들의 강을 보며
마침내 나는 두꺼운 사람의 책을 덮어버렸네

서울 혹은 타클라마칸

그는 오늘
헌 구두 두 켤레를 손질하고
삐걱대는 마루 문을 뜯어 고쳤다

신문과 TV를 보지 않고
일용할 밥을 위하여
바람 부는 거리를 헤매지 않았다

한번 들어가면
다시 돌아 나올 수 없는 금단의 땅,
서울의 북쪽 끝 한 귀퉁이에서
오줌싸개 아이의 뒤를 닦아주면서

언젠가는 말을 잃고
낙타 같은 신비한 짐승들 곁에
마르지 않는 물줄기가 되어 흘러가기를
혼자, 꿈꾸었다

3부

황혼의 별 아래

인적 드문 산비탈 계곡마다
잘 익은 열매들이 굴러떨어진다

쌓인 흙더미, 찬바람 속에
알갱이만 남은 빛의 물결이 흘러가고
낯선 길이 하나 열려 나온다

아무도 그 길을 찾지 못하리라
세상을 떠나는 것들의
뒷모습을 볼 수 없으리라

다시 어두운 날들의 구름이 모여들고
빈 들은 더욱 넓어지고

땀 흘린 자들은 이미
먼 곳을 날아온 새의 날개처럼
파르르 떨고 있는 황혼의 별 아래
생전을 기억하며 쉬고 있으니.

숲길

돌과 낙엽에 뒤덮여 있어
그 입구를 쉽게 찾을 수 없네

누군가 걸어가고 나면
곧 사라지고 말아
그 길을 걷는 동안 만났던 것들,
빗방울처럼 내리던 새와 젖은 풀잎과
땅 밑에서 솟구치던 노래들을,
노래를 들으며 깊어지던 우물이며
별빛에 비치던 내 작은 그림자를
이 세상은 기억하지 못하네

사람의 향기 가득한 숲에
맨발로 숨어 있는 길

구월의 저녁

푸르스름한 공기를 흔들어
둥글어지는 나뭇잎들,
구름을 닮아 가벼워지는 집과 사람들,

그래, 부서지면서
숲 그늘에 환하게 불을 켜는
마지막 햇살을 안고 저녁이 오면
살아 있는 것들은 모두 생각이 깊어지지
낮은 키의 풀잎도,
자전거를 타고 언덕을 내려오는 아이들도
눈동자 맑게 젖어
그 생각의 끝에 웅크리고 앉은 어떤 죽음을
제 것으로 겸손하게 받아들이지

—너 여기서 뭐 하니?
어깨를 툭 밀며 떠오른 별빛에
빈 자루처럼 몸을 열고
함께 반짝이면서

꽃나무 그늘 속에

미치겠는, 햇빛과
흙냄새에 취해 꽃나무는
공중으로 제 몸을 튕겨올리며
붉고 흰 꽃망울을 터뜨리고

그 깊은 그늘 속에 한 쌍의 연인이
서로 꼭 껴안은 채
입맞추고 있는데

참 이상한 일이지,
못 본 척 고개 돌려 지나가는 내 발걸음이
즐거움과 기쁨에 물들어
한껏 가벼워진다

마치 빈털터리 거지가
진귀한 보물을 발견한 것처럼!

겨울날

비탈진 언덕길을
한 떼의 지친 노동자들이 지나갔다
말없이 고개 숙인 채

그리고 쌓인 눈을 밟으며
얼굴이 붉은 저녁이 왔다
띄엄띄엄 선 나무들이 쉼표처럼
마른 열매를 떨구고

늙은이 혼자 사는 언덕 끝 집
흐릿한 불빛 속에
쌀 안치는 소리, 빈 그릇 달그락거리는 소리가
아무도 들은 적 없는
천축(天竺)의 음악처럼 반짝거렸다

신기료장수가 되어

하루를 살아도
온 세상이 평화롭게
—김종삼

늦봄이면 수평선도 헝겊처럼 풀어지는
작은 포구 한 귀퉁이에 앉아
마른 소금기 다 닳은 바람의
뒤꿈치를 솔질하면서

오지 않는 한 사람을 기다리며
땅이 무너지지 않게,
늙은이나 어린아이의 신발은
가장 질긴 실로 튼튼하게 꿰매주면서

먹을 게 없는 날에는 바다로 나가
하늘의 눈동자가 담겨 있는
잔잔한 물결, 유리 같은 햇빛 속에
수초들의 편안한 잠을
들여다보면서

(내 그림자는 보이지 않으리)

그리운 풍경

돌 많은 산길을 걸었습니다 어느새 날이 저물어 군데군데 누운 무덤들은 저희끼리 마을을 이루며 끝없는 평화를 피워올리고, 몇 가닥 깃털을 입에 문 바람 소리뿐, 살아 있는 것들의 흔적은 보이지 않았습니다 뚝, 뚝 끊어졌다 이어지는 고요, 이 쓸쓸한 고요의 밑바닥에서 어떤 신비한 빛이 흘러들어와 나를 이끄는지 마음은 고개 숙여 저만큼 앞서가고 문득, 걸음을 멈추어 서면, 떨어지는 낙엽들은 모두 한곳에 쌓여 어미 나무 밑동을 덮고 있었습니다

한결 깊어진 세상의
입구를
손짓하는 듯이

학봉리

아이들이 염소떼를 몰고
집으로 돌아가고 있다

그 뒤를 근심 많은 별이 떠서
길이 끝난 곳에서
막 시작되는 적막의 입구를
흐린 백열등처럼 비추어주고 있다

어두워지면서 숨이 트인
계곡 물소리가
인적 끊어진 지 오래된
폐가들을 지나서
부글거리며 누룩이 익는 술독들을 지나서
하늘에서, 다시 땅으로
뱀처럼 또아리 트는 동안

산비탈 밭에 고추를 심고 온
늙은 농부 김씨는
갓 나온 달걀을 손에 쥐고
저녁 기도 드리고

고사목 둥치들이

폭우에 쓰러진 고사목 둥치들이
저녁이면 이상한 빛을 내뿜고 있다

시커멓게 탄 나무껍질을 뚫고
번져나오는 그 빛에
한번 영혼을 들킨 사람들은

일생 동안 눈먼
장님이 되어 헤매어야 한다,
떨어지는 물방울 혹은
겁 많은 짐승 발자국 같은 것들에게도
끊임없이 길을 물으며

텅…… 비어 있는
스스로의 끝을 만날 때까지.

얼굴을 불태우며

썩은 나뭇등걸, 모래알
빈집을 지키는 담쟁이 넝쿨
한밤의 빗소리……

그것들보다 나는 얼마나 작고
쓸모없었는지를 뉘우치고
또 자주 잊어버리면서

다 닳은 청춘의 신발을 끌고
여기까지 와 서 있네
경전(經典)을 실은 지친 나귀처럼

잠든 폭풍 바다, 진흙 뻘 웅덩이 속
없는 듯이 있는 길을 찾아
늦게 뜨는 저녁별에

공포와 즐거움으로 빚어진
얼굴을 불태우며.

물소리에 기대어

눈 쌓인 얼음의 골짜기 아래로
흘러가는 찬 물소리,

어쩌면 내 삶은
말 못하는 짐승 같은 것으로 다시
태어날지 몰라, 중얼거리면서

속이 훤히 비치는 물소리에 기대어
마음은 오래 묵은 흙처럼
착해지고

떨어진 황혼의 깃털 하나에도
절하고 싶은 것을.

밤 두시

찬비를 맞고 서 있는 나무 둘레의
밤공기가 서늘하게 깊어진다

한 번도 본 적이 없지만 나는
저 나무에 피어날 꽃과
숨어 있는 향기를

알 것 같다, 살아 있는 모든 것들이
하늘을 닮은 제 모습을
둥글게 완성하고

빗방울 소리 점자처럼 더듬으며
세상을 공부하는 내 마음을
기웃기웃 들여다보는 것을.

너구리의 길

현리 골짜기 쌓여 있는 낙엽 속에
한세상 오랜 길이 잠들어 있네
그 길을 따라서 햇빛은 얼음을 녹이고
물은 물소리를 깨우고 있었네

덤불로 가려진 길 한 모퉁이.
한 번도 본 적 없는 너구리의 집이 있네
때때로 내 발자국에 놀라
어린 너구리는 흙벽에 기대어 몸을 웅크리고
흙빛은 점점 그의 몸을 닮아가네

잎 진 나무들 사이 하늘이
몇 줄기 바람으로 흘러드는 동안
잘 익은 열매 같은 눈을 깜박이며
그는 누구도 알지 못할 깊은 생각에 잠겨 있네
저기 저 길이 끝나는 응달진 곳
흙물 든 깃털, 마른 덩굴 줄기도
보이지 않는 따뜻한 숨결에 휩싸여가네

어느새 날이 저물어
마을의 불빛이 추억처럼 번져오면
나는 걸음을 멈추고 돌아서야 하네
어미 없는 너구리의 먹이와 잠을 걱정하며
땅거미 내린 골짜기 입구를 향해

마음속에 숨은 신성한 길을 인도해 가야 하네

들꽃 한 송이에도

떠나가는 것들을 위하여 저녁 들판에는
흰 연기 자욱하게 피어오르니

누군가 낯선 마을을 지나가며
문득, 밥 타는 냄새를 맡고
걸음을 멈춘 채 오랫동안 고개 숙이리라

길가에 피어 있는 들꽃 한 송이
하찮은 돌멩이 하나에도

날아가는 새와 초록별 사막과

지난겨울 늦게 떨어진 낙엽과 열매 껍질들이 마당 한 귀퉁이에 쌓여 썩어가고 있다

소리 없이, 그러나 빠르게 무너지는 잠 위로 한차례 빗줄기가 지나가면 낮은 지붕 집들은 저 멀리 얼음과 곰팡이의 하늘 너머 밥 짓는 연기를 공손히 피워올리고

푸드덕 몸을 떠는 잔풀들, 다시 묵은 땅거죽을 벗기며 거름 같은 똥을 누는 햇살벌레의 가쁜 숨길에 세상은 텅 빈 푸대자루가 되어 열리고

그 속에는 날아가는 새와 초록별 사막과 굴렁쇠를 굴리는 아이들의 휘파람 소리가 함께 담겨 있다

지금 땀 흘리는 것들은

앞으로 살아야 할 날들 많지 않으므로
꽃들은 일제히 봉오리를 터뜨리고
시궁창 물소리는 콸콸 쏟아지고
벌레들은 집을 짓고 먹이를 나른다

지금 땀 흘리는 것들은
안과 밖이 따로 없는
천연의 빛이 되어
이 세상 어둠을 뚫어가고 있다

자전거를 타고

드문드문 불빛이 남아 있는 마을의
새벽 들을 지나가며
젖은 옷깃에 떨어지는 어둠과
고요마저 털어내면
보인다, 서로 등 기대어 누운
풀꽃들의 메마른 잠
—어젯밤 우리는 무슨 꿈을 꾸었지?
—끝없이 앞으로 내달리는 세월
발 닿을 곳은?
어느새 한줌 흙으로 무너져내려
세상의 끝에서 다시 깨어나는 것들의
뿌리 깊은 대화가 들리고,
술 취한 듯 힘껏
페달을 밟을 때마다
몇 걸음 더 낮아지는 마음의 바닥에는
붉고 흰 열매를 주렁주렁 단
나무들의 숲이 명부(冥府)처럼 떠올랐다가
잔잔히 가라앉는다

비에 젖은 숲

비에 젖은 숲은
이글이글 번져오르는 빛의 마을,
마른 껍질 타는 연기 자욱하게 넘쳐흐르고
공중에 흩어져 떨어지지 않는
날짐승들의 오랜 울음도 들리지 않는다
잎, 잎, 무성하게 피어나는 속 이파리들
땅속 깊이 출렁이는 물을 빨아올리며
둥글게 집을 짓는 불덩이들의
그 눈부신 고요함에 잠겨
모든 길이 저절로 열리고
저절로 닫히니
파헤쳐진 무덤 터, 비탈진 세월을
정처 없이 헤매이다 길을 잃은
한 사람이 돌아와
인간의 말을 버리고 서서 잠들 때,
딴 세상의 바람 몇 줄기 서늘하게 덮여온다

4부

연가

그대와 헤어져 오랜 날들,
마른 가시덤불과 진흙 밭을 건너온
세월의 길 한 모퉁이에서

크고 작은 돌무덤을
만났습니다 죽은 짐승들과
사람의 뼈들이 흔적 없이 씻긴

그 곁의 샘터엔
안으로 맑고 푸른 물, 비밀처럼
들끓으며 넘쳐흐르고

마음은 어느새
삭은 나뭇가지처럼
툭, 툭 갈라졌습니다

간혹 날 흐리고 잔바람 일 때면
멀리 있는 그대 모습을 꽃피워
잔잔히 퍼뜨리면서

화음

땅속 깊은 곳에 숨은

뿌리들이 귓바퀴를 울리는

물소리를 틔우고 열매를 맺으면

기쁨으로 흔들리는 푸른 잎사귀마다

흘러내리는 햇빛을 감으며

앉음새 티 없이 열어 내일 쪽에서

오늘을 뒤돌아보는

새와 나무

오래 비어 있는 길

흐린 날, 별들은
숲 그늘 정적 속에 사라지고

오래전에 비어 있는 길
신열(身熱)로 불타는 어둠을 몰아
또 한 사람이 떠나갔네

진흙으로 얼굴을 뭉개는
그리움, 머나먼 곳을 향하여
정적은 더욱 깊어지고

들끓는 나뭇잎 물살을 헤치며
알 수 없는 하늘과
땅을 비추는
흰 꽃들이 무수히 피어났네

타인의 손

막, 쓰러진 잡풀 더미 위로
후두둑 성긴 빗방울이 떨어지니

출렁이는 물 밑바닥에는
붉은 잎, 붉은 잎
하염없이 떠오르고

아무도 말해주지 않았네
긴 세월 잊고 살았네

한 번도 닿지 못한 타인의
메마른 손,
두근대며 모여드는 바람처럼
내 곁에 있음을

마음은 언제나

돌 틈 그늘에 숨어 있는
벌레 같은 것,
진흙탕에 쓰러진 마른풀 같은 것,

마음은 언제나
하잘것없는 그들의 숨가쁜 호흡,
아무도 해치지 못할 순한 눈길에
한참을 머뭇대다가

상처 많고 뒤틀린 제 모습을
부끄러워합니다

어두워지기 전에

얼마나 많이 뒤틀리고
뒤틀려서 깊어져야
사람의 몸속에서는
물소리가 들려오는가

어두워지기 전에 다시
하늘에서 땅으로
귀환하는 새들처럼,
그 새들을 받아들이며
한없이 넓어지는 땅처럼!

만다라, 저 붉은

만다라, 저 붉은 꽃잎의
열덩어리 폭풍이
쏟아지기 전에

우리는 또다시 길을 잃고
잠들어야 한다

보이지 않는 자기(自己)를 향해
온몸이 눈이 되어
꿈틀거리는 잠을

빈 그릇처럼

한 번쯤 죽음을
꽃피워본 사람은 알지, 누구나
빛나는 정지의 그 순간을 위하여
초록 잎 터지는 아픈 물결들을
혼자 거슬러올라야 하는 것을

마침내 저무는 빛을 안고
부서지는 마른풀 줄기 속에도
수많은 상처의 길이
빈 그릇처럼 열려 있는 것을

한 문자를 향하여

피비린내,
피비린내 끓어오르는
밤의 입김 속에는

눈 못 뜨는 벌레들이
기어가고 있다
알몸뚱이 터진 상처
진흙 바닥에 부비며

오, 썩은 나무둥치에
굳어 있는 이끼 같은 삶,
흔적 모를 수렁 길에
전신(全身)을 파묻으며

읽을 수 없는 한 문자를 향하여
제각기 다른 방향으로

비망록

많은 날들이 지나갔다
눈을 감으면 환해지는 공중에서
푸른 잎사귀들이 수없이 떠오르고
한 사람의 얼굴이
모래처럼 천천히 부서져내렸다

*

이끼 낀 나무와 젖어 있는 흙들,
그 틈에 집을 짓는 거미의 눈동자,
사랑이 끝났을 때
침묵하는 것들의 투명한 그림자가
빛처럼 다가오고
나는 아무것도 아니었다

*

이 세상에는 말할 수 없는 말이 있다
덧없이, 거품처럼 사라질
그 한마디의 말을 위하여
빗방울은 떨어져 꽃을 피우고
한밤에는 더듬거리며
별들이 반짝거렸다

*

삶은, 울음 울지 않는 새
공기처럼 가볍게 떠나간 자리에도
언제나 피 묻은 깃털이 남겨져 있고
오늘도 나는 걷는다
마음에서 몸으로 번져오는
큰 물결에 휩쓸리며
한 걸음 앞이 벼랑인 어둠 속으로

생나무 울타리 아래에서

한 가지에서 다른 가지로 옮겨 앉아
날갯짓 환하게 그리는 새들,

—쓰레기 불 연기는
늘 마음 풀리는 데로 흩어지고

먼길 지나와 갓 태어난 별빛이
생나무 울타리를 두드리면

그래, 그래, 그래
핑그르르 돌아 떨어지며
온 곳으로 돌아가는
저 나뭇잎같이

흐르는 땀방울이
기쁨의 밥이 되는

있을 곳에
있고 싶다

맑은 날

점점 먼 집과 굴뚝을 건너

휘파람 소리 물드는
숲의 저쪽

포물선 그리며 새들이 날아오른 뒤

풀과 키 큰 나무 흔드는
햇살, 그리움같이
뒷짐지고

끝내 부를 수 없는

사람이
간다

저녁에

헌옷을 벗고
돌아간다

숲 안개에 싸여 저무는 강
물살에
씻긴

첫 기러기떼 아득한 여정 따라

종이
울리면

그림처럼 줄지어 선 인가의 울타리
울타리마다

툭, 스스로 익은 열매가
지고

깃들인 뉘우침도

맑은
저 별빛.

장마

혼자 처마 아래 서서 언 살갗 부비던 나는 늘 먼바다의 밀물을 꿈꾸고 그 건너 낮과 밤이 없다는 곳의 오로라를 눈썹 위에 걸어두고 잠들었습니다 담 곁에 돋아난 우산 버섯이 하얗게 타올라 일대의 어둠을 낱낱이 비추면 사이사이 엿보이는 푸른 하늘이 무너질 때까지 새들은 날개를 꺾어 알을 낳고 다시 모래톱에 묻으며 이제 돌아가지 못할 섬을 그리워하였습니다 둥둥 떠 흐르는 빈집들을 헤아리며 나의 잠은 심장 가득 소금이 쌓이도록 울고 있었습니다 들릴 듯 말 듯한 울음이 끝 간 데 누가 죽고 태어나는지 등(燈) 빛이 켜지고 흙이 덮이고 뱃길을 지우며 온 목선들은 닻을 내린 채 슬픔도 기쁨도 아닌 무적(霧笛)을 날렸습니다 온몸 자욱한 피 내음을 거슬러 털게들이 뭍으로 달아난 뒤 나는 잊혀진 나를 찾아 떠도는 그림자일 뿐이었습니다 저 세찬 빗줄기에 젖으면 더러는 풀이 되고 나뭇잎이 되는 숨결을 틔우며 추억 속에 메아리지는 달과 별의 길을 따라 상한 뼈 한 자루 맑게 맑게 씻고 있었습니다

산간 지대

그해 겨울은
눈이 많이 내리고
마을로 가는 길이 절벽처럼 끊어졌다

굶주린 짐승들은 어슬렁어슬렁
인가 쪽으로 기웃거리다가
덫에 빠지고

눈에 시퍼런 불을 켠 채
문풍지에 부서지는 바람의 한숨 소리,
아이들은 꿈속에서도
날 무를 먹으며 키가 자라고

이명에 떠는 골짜기에서 상봉(上峯)으로
불쑥, 솟아오른 달은
주인 없는 무덤 터만 골라 비추었다

과녁

맞추리라, 이 들녘
안개가 걷히는 곳에 서서 기다리면
머리 위를 선회하는 한 마리 새,
금빛 날개와 먼 땅끝 일으키며 날아가
수많은 강물을 길어올리는 그대
울음

활을 들고 헤매인 나날들,
빗줄기 가르며 나아간 화살이 숲 그늘에 묻히면
천둥과 바람은 심장으로 흘러 스미어
온몸의 피 불처럼 환히 타오르게 하더니

벼랑 밑의 잠, 소름 돋는 꿈속에서도
가쁜 숨 몰아쉬며 반짝이던 별빛들
눈물처럼 쓸쓸히 저물고 나면
어둠은 둥글게 혼(魂)의 광채 부풀리더니

나보다 어린 것
나보다 주린 것
병들어 서러운 것들의 허기와 목마름
오늘, 마지막 시위에 얹어 다스리는 때,

사랑과 화평의 종소리 울리는 하늘 저편 향하여
원을 그리며 휘어지는 손과

허리의 서늘한 힘 씻어내리며
눈 안 가득 사무치는
이 햇빛.

이사

어디에 가닿을까, 유화 속의
푸른 하늘
황토 언덕이 보일 때까지

뒤돌아서며, 간혹
누가 부르는 것 같아

손 내어밀면

눈발들, 언 길 끝에서
우리들의 침묵 속으로
흩뿌리고

풍향계 따라
돌며, 날개 뒤집어 흔들어
북상하는 새들과
함께

석유와 마른 식빵 사이에서

이별처럼 다시 만날
땅을
찾아서.

문학동네포에지 088

오래 비어 있는 길

초판 인쇄 2023년 12월 10일
초판 발행 2023년 12월 22일

지은이—전동균
책임편집—김민정
편집—유성원 김동휘 권현승 유정서
표지 디자인—이기준 이혜진
본문 디자인—이혜진
저작권—박지영 형소진 최은진 서연주 오서영
마케팅—정민호 박치우 한민아 이민경 박진희 정경주 정유선 김수인
브랜딩—함유지 함근아 고보미 박민재 김희숙 박다솔 조다현 정승민 배진성
제작—강신은 김동욱 이순호
제작처—영신사

펴낸곳—(주)문학동네
펴낸이—김소영
출판등록—1993년 10월 22일 제2003-000045호
주소—10881 경기도 파주시 회동길 210
전자우편—editor@munhak.com
대표전화—031-955-8888 / 팩스—031-955-8855
문의전화—031-955-2689(마케팅), 031-955-8865(편집)
문학동네카페—cafe.naver.com/mhdn
인스타그램—@munhakdongne / 트위터—@munhakdongne
북클럽문학동네—bookclubmunhak.com

ISBN 978-89-546-9788-0 03810

www.munhak.com
문학동네